KB265064

줄거리:
현장 학습으로 뉴욕에 간 사만다 '샘' 아처와 친구들은
관광지에서 발생한 범죄 사건에 휘말린다.

뉴욕을 발칵 뒤집은 도둑

뉴욕을 발칵 뒤집은 도둑

The Burglar Who Bit The Big Apple

글·스티브 브레즈노프
그림·C. B. 캥거
옮김·이지선

사람in
생각학교

미국 현장 학습 미스터리 ❶
뉴욕을 발칵 뒤집은 도둑

초판 1쇄 인쇄 2011년 3월 5일
초판 1쇄 발행 2011년 3월 15일

글 스티브 브레즈노프
그림 C. B. 캥거
옮김 이지선

발행인 박효상
책임편집 강현옥
편집진행 오혜령
인턴 김지혜, 김희준
디자인 윤주열

발행처 사람in
출판등록 제10–1835호
주소 121–894 서울시 마포구 서교동 378–16번지 강화빌딩 4F
문의전화 02)338-3555
팩스 02)338-3545
Homepage www.saramin.com
e-mail school@saramin.com

::책값은 뒤표지에 있습니다.
::파본은 바꿔 드립니다.

ISBN 978_89_6049_227_1 63940
     978_89_6049_226_4 (set)

사람이 중심이 되는 세상, 세상과 소통하는 책 사람in

기획편집 1팀_ 강성실, 모희진, 이종만, 권희정 | 기획편집 2팀_ 임수진, 김지혜 | 단행본팀_ 강현옥, 오혜령
디자인팀_ 손정수, 윤영선 | 마케팅_ 이종선, 이태호, 이전희, 서은희 | 디지털사업부_ 강현승 | 관리_ 남채윤

The Burglar Who Bit the Big Apple by Steve Brezenoff

© Stone Arch Books, 2011. All rights reserved.
This Korean edition distributed and published by Saram In,
2011 with the permission of Stone Arch Books,
the owner of all rights to distribute and publish same.

This Korean edition published by arrangement with Stone Arch Books,
USA through Yu Ri Jang Literary Agency, Korea.

이 책의 한국어판 저작권은 유리장 에이전시를 통해 저작권자와 독점 계약한 사람in에 있습니다.
신 저작권법에 의해 한국 내에서 보호를 받는 저작물이므로 무단 전재와 무단 복제를 금합니다.

사만다 아처

별명 : 샘

생일 : 8월 20일

학년 : 6학년

좋아하는 것:

옛날 영화, 현장 학습

이 애들은 왜 죄다 현장 학습이 좋다는 거야?
한번 알아봐야겠어!

친한 친구들:

카탈리나 듀란, 에드워드 게리슨, 제임스 슈

알아둘 점:

사만다는 대부분의 학생들이 이해하지 못하는 표현들을 사용하곤 한다. 선생님들조차 이해하지 못하는 경우도 있다. 아마도 집에서 본 옛날 영화에서 나온 표현일 것이다.

사만다는 최근에 나를 스페이드 선생님의 '브루노'라고 불렀는데, 그게 무슨 뜻이지? 이것도 알아봐야겠다.

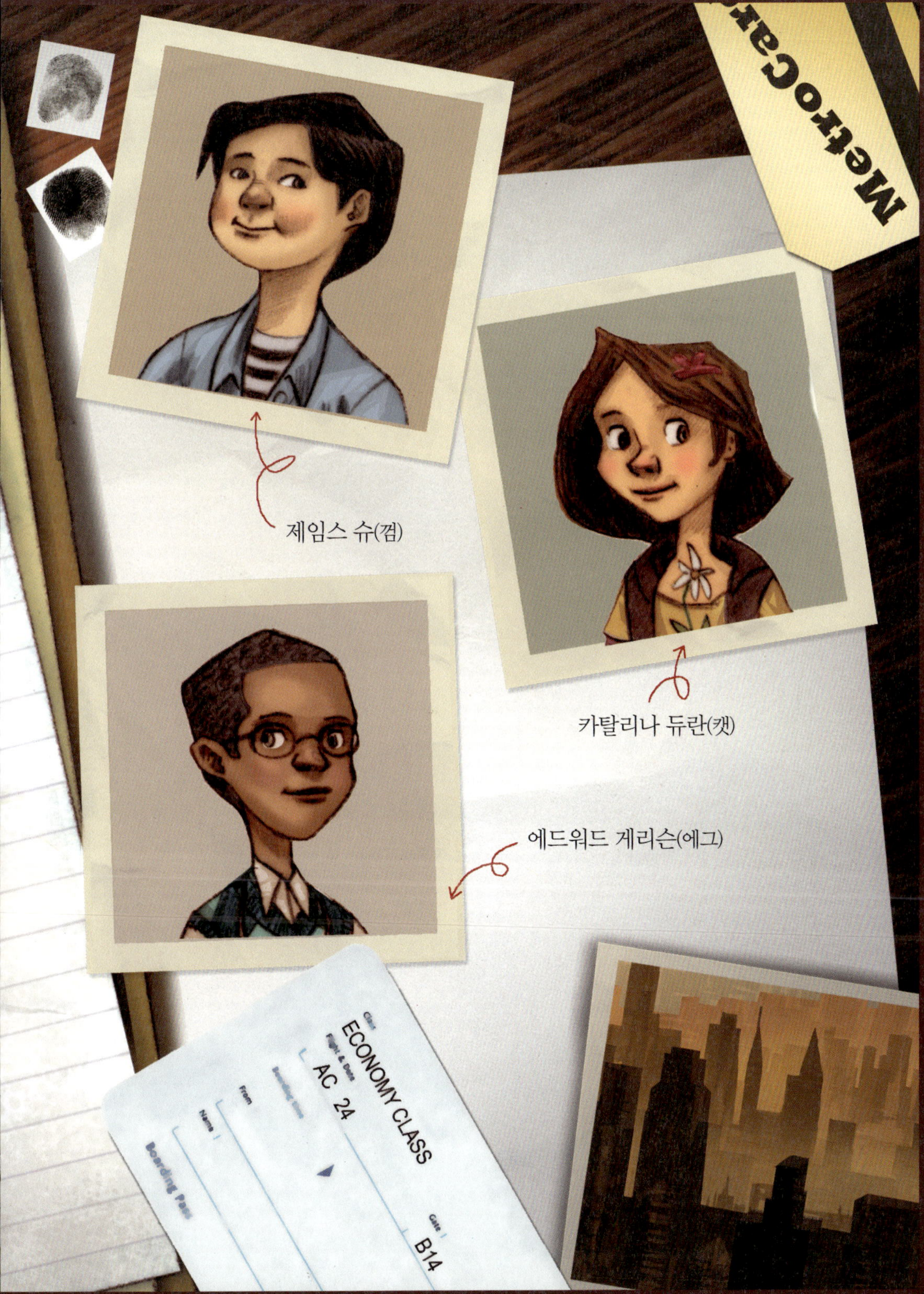

제임스 슈(껌)

카탈리나 듀란(캣)

에드워드 게리슨(에그)

나의 보고서

1장

이번 현장 학습은 최고였다.

반 아이들은 대부분 곯아떨어졌다. 선생님들과 보호자로 온 부모님들도 잠들었다. 빅애플뉴욕의 애칭을 이틀 동안 돌아다니느라 피곤했을 거다. 더구나 이틀 동안 뉴욕에서 세기의 반달리즘공공 기물을 파괴하는 행위 범죄를 해결하느라 녹초가 됐을 것이다.

뉴욕에는 무려 800만 가지나 되는 이야기들로 넘쳐 난다고 한다. 그럴 것도 같다. 그리고 이 이야기도 그중 하나이다. 모든 것은 우리가 공항에 도착하면서 시작되었다……

“다들 여기로 모여라!”

6학년 담임인 스페이드 선생님이 큰 소리로 외쳤다. 학생들은 아직 비행기에서 내리는 중이었고 선생님들이 우리를 이끌고 있었다.

“자, 얘들아.”

미술을 가르치는 스탠위크 선생님이 말했다.

“탑승구를 나서기 전에 인원수를 다시 셀 거란다.”

캣은 어리둥절한 표정으로 나한테 말했다.

“이해가 안 돼. 왜 다시 인원수를 세야 하는데? 비행기에 탔으면 모두 여기서 내렸을 텐데.”

껌이 웃으며 말했다.

“누가 낙하산을 타고 내려오지 않았다면 그렇겠지.”

에그가 눈을 말똥거리며 말했다.

“그걸 알자는 것 같은데.”

껌이 어깨를 으쓱하며 말했다.

“어쩌면 안톤 구트만이 화장실에 갇혔을지도 몰라.”

껌의 말에 우리 모두 웃었다. 스탠위크 선생님도 조용히 웃고 있었다.

우리 넷은 짐을 끌고 스페이드 선생님이 서 있는 쪽으로 갔다. 다른 선생님들과 보호자들 그러니까 캣의 엄마인 듀란 아주머니, 스탠위크 선생님, 과학을 가르치는 네프 선생님과 안톤의 아빠인 구트만 아저씨가 거기에 있었다.

네프 선생님은 우리 반 아이들을 하나하나 가리키며 큰 소리로 인원수를 세고 있었다.

"스물둘. 네 명이 빠졌네? 스탠하고 퍼피, 버터 그리고 캔디는 어디에 있지?"

나는 네프 선생님의 어깨를 톡톡 두드리며 말했다.

"네프 선생님! 스탠이 아니고 샘인데요."

캣이 말했다.

"그리고 퍼피가 아니라 캣이에요."

에그가 덧붙였다.

"전 에그에요."

껌도 덧붙였다.

"전 껌이구요."

내가 고개를 끄덕이며 말했다.

"저희가 왔으니까 스물여섯 명이에요."

스페이드 선생님이 미소를 지으며 말했다.

"됐다! 모두 버스를 타러 가자."

스페이드 선생님은 구트만 아저씨에게 몸을 돌려 말했다.

"안톤 아버님과 네프 선생님이 뒤에서 아이들이 뒤처지지 않

도록 해 주세요."

안톤의 아빠가 한숨을 내쉬며 말했다.

"네, 뭐 그러죠. 저 이상한 사람하고 뒤에서 걷도록 하지요."

캣이 나를 팔꿈치로 찌르며 속삭였다.

"방금 들었어? 아들만큼이나 예의가 없어."

껌이 중얼거렸다.

"안톤이 누구한테 배웠겠니?"

에그는 이미 카메라를 꺼내 들고 밖으로 나오면서 공항 터

미널의 사진들을 찍고 있었다.

그때 캣이 진짜 뉴욕 경찰 두 명을 발견했다.

"샘, 저기 봐!"

캣이 경찰 아저씨들을 가리키며 나한테 말했다.

나는 그 경찰 아저씨들에게 달려가며 아저씨들을 불렀다.

"경찰 아저씨!"

나는 긴급한 상황이 아니라는 걸 미리 알려 주려고 미소를 지어 보였다.

경찰 아저씨 한 명이 나를 보며 웃어 주었다.

"안녕, 꼬마 아가씨."

그 경찰 아저씨는 나와 비슷한 키에 콧수염의 숱이 많았다. 그 경찰 아저씨의 파트너는 말랐고, 아저씨보다 키가 더 컸다.

그 경찰 아저씨가 내게 물었다.

"무슨 일 있니?"

"아니요, 제 친구한테 아저씨들하고 제 사진 좀 찍어 달라고 해도 될까요?"

나는 뒤돌아 손을 흔들며 소리 높여 에그를 불렀다.

"에그! 잠깐 이리 와 봐!"

나는 두 경찰 아저씨들 옆에 섰다.

키가 작은 경찰 아저씨가 말했다.

"사진 찍는 거야 문제없지. 뉴욕은 처음이니?"

"그 질문에 대한 대답은 긍정이에요."

내가 대답하자, 경찰 아저씨들이 껄껄 웃었다.

에그가 다가와 사진 몇 장을 찍어 주었다. 내가 경찰 아저씨들에게 고맙다는 말을 하려는데 키가 작은 경찰 아저씨의 허리띠에 달린 무전기가 치직거렸다.

"1-20 조."

무전기에서 목소리가 들렸다.

"항만청 버스 정류장 랄프 크램든 조각상 도난 발생. 반복한다. 랄프 크램든의 도시락이 사라졌다."

경찰 아저씨 둘은 서로를 바라보다 한 명이 말했다.

"이거 정말일까?"

다른 한 명이 어깨를 으쓱했다.

"얘들아, 미안하다. 우린 가 봐야겠구나."

경찰 아저씨들은 그 말을 남기고 서둘러 갔다.

"너희들 여기서 뭐하는 거야?"

퉁명스런 목소리가 들려 돌아보았다.

구트만 아저씨였다.

"이러다 버스가 출발해 버리면 어떡하려고 그래?"

아저씨가 쏘아붙여서 내가 사과했다.

"죄송해요, 구트만 아저씨."

"내 여행을 망치려고 작정했구나!"

구트만 아저씨는 이렇게 말하고서 내 손목과 에그의 카메라 줄을 잡고 버스 쪽으로 끌고 갔다.

"너희 멍청한 두 녀석이 공항에서 길이라도 잃으면 모두 나한테 책임을 물을 텐데 그럼 내가 이 여행을 즐길 수 있겠니, 응?"

"네, 그렇겠네요."

에그가 그렇게 얼버무려 버렸다.

구트만 아저씨는 에그와 나를 버스로 데리고 갔다.

"이 애들이 마지막이에요."

구트만 아저씨가 운전사에게 말했다.

문이 쉿 소리를 내며 닫히고 버스가 출발했다.

공항 터미널 출구를 지나 고속도로로 들어서자 뉴욕의 스카

이라인이 시야에 들어왔고 어른들도 감탄했다.

그리고 우리의 모험도 시작되었다.

STOP

호텔

버스는 맨해튼을 가로질러 우리가 묵을 호텔을 향해 느릿느릿 달렸다. 사람들이 정말 많았다! 인도마다 사람들이 바쁘게 걷고 있기도 하고, 자전거를 타고 우리 버스와 자동차들 사이를 지나가기도 했다.

길모퉁이마다 신문이나 잡지, 핸드백 혹은 먹을거리 같은 것을 팔고 있었다. 프레즐, 핫도그, 아이스크림, 기로스 등 온갖 것을 파는 사람들도 보였다.

“와, 난 여기서 살면 안 되겠다.”
껌이 말했다.

“왜 안 돼? 넌 새로운 음식들을 먹어 보는 걸 좋아하잖아.”

에그가 묻자 껌이 대꾸했다.

“그러니까 20분 만에 1년 치 용돈을 다 써 버릴 것 같아!”

드디어 버스가 멈추자, 캣의 엄마가 버스 통로를 걸어 우리 자리로 와서 말했다.

“다 왔다, 애들아.”

아주머니가 캣의 머리를 쓰다듬자 캣이 말했다.

“엄마, 전 강아지가 아니에요. 머리 좀 쓰다듬지 마세요!”

듀란 아주머니는 싱글거리며 말했다.

“알았다, 아가. 자, 호텔에 들어가 우리 방을 구경하자.”

캣이 말했다.

“엄마하고 방 안 쓸 거예요. 샘하고 쓸 거예요.”

“곧 알게 되겠지.”

아주머니는 그렇게 묘한 말을 남기고 몸을 돌려 버스에서 내렸다.

호텔 로비는 내가 상상했던 것과 다르게 작았다. 실제로 학생들 모두가 한꺼번에 로비에 들어가는 게 거의 불가능했다. 호텔 투숙 절차를 다 마쳤을 무렵에는 시간이 많이 늦어 있었다. 네프 선생님과 스탠위크 선생님은 저녁으로 먹을 피자를 사러 나갔다. 한편 캣과 나는 카드 키를 손에 쥐고 6층에 있는 우리 방을 보러 올라갔다.

그런데 어찌된 일인지 방문이 활짝 열려 있었다. 나는 복도 끝에서 열린 문을 발견하고 캣의 손목을 잡았다.

"잠깐."

내가 캣한테 속삭였다.

"누가 우리 방에 있어."

캣이 놀란 토끼 눈을 하더니 멈춰 섰다. 나는 앞으로 가서 캣을 복도 벽 쪽으로 밀고, 열린 문 쪽으로 벽을 따라 침착하게 발끝으로 걸어갔다.

나는 벽에 등을 붙인 채 문까지 갔다. 방에서 무언가가 쿵 소리를 내며 떨어지자, 누군가가 작게 중얼거렸다.

나는 천천히 문 쪽으로 몸을 구부려 방 안을 들여다봤다. 욕실에 누군가가 있었다.

나는 캣한테 속삭였다.

"여기 있어. 안에 도둑이 들었어!"

나는 계속 발끝을 세우고 살금살금 방으로 들어갔다. 몸을 잔뜩 웅크리고는 열려 있는 욕실 문에서 조금 떨어진 곳으로 조심조심 다가갔다. 도둑은 여전히 욕실 안에 있었다. 세면대에서 물이 흐르는 소리가 들렸다.

바로 그때 내가 욕실로 불쑥 들어가 소리쳤다.

"꼼짝 마!"

도둑이 칫솔을 떨어뜨리며 비명을 질렀다.

"아아악!"

나도 같이 비명을 질렀다.

"아아악!"

캣이 방 안으로 뛰어 들어오며 소리쳤다.

"엄마? 우리 방에서 뭐하세요?"

3장 소녀

그날 밤 우리 방에서 단잠을 잔 사람은 아무도 없을 거다. 캣은 우리 반에서 키가 가장 작아서 바퀴 달린 접이식 침대를 따로 가져와야 했다. 나한테는 전혀 맞지 않을 거다!

듀란 아주머니는 뉴욕이 아주 위험한 도시라는 걸 계속 말하며 이번엔 절대 탐정 놀이를 해선 안 된다고 저녁 내내 캣에게 말했다. 캣은 눈만 멀뚱멀뚱 굴렸을 것이다. 나는 그냥 한 귀로 흘려들으려고 애썼다. 캣과 내가 텔레비전을 보는 동안 듀란 아주머니는 침대에 누워 깊은 잠에 빠졌다.

아주머니는 요란스럽게 코를 골았다.

드디어 아침이 오고, 캣과 나는 얼른 옷을 입고 서둘러 방을 나섰다. 캣은 잠시 동안이라도 엄마에게서 벗어나는 게 무척 즐거운 모양이었다.

로비에는 스페이드 선생님과 구트만 아저씨가 뭔가에 대해 논쟁을 벌이고 있었고, 네프 선생님과 스탠위크 선생님은 학생들에게 아침 도시락을 나눠 주고 있었다.

껌과 에그도 앞줄에 서서 도시락을 받으려고 기다리고 있었다.

네프 선생님이 재빨리 인원수를 확인했다.

"다들 왔군."

선생님은 마지막으로 듀란 아주머니가 로비에 내려오자 그렇게 말했다.

스페이드 선생님이 말했다.

"모두 버스에 타거라. 오늘 첫 목적지는 자연사 박물관이다."

안톤이 투덜댔다.

"박물관? 따아아부우운해."

내가 말했다.

"시끄러, 안톤."

나는 이 박물관에 대해 들어 본 적이 있어 들떠 있었다.

캣이 맞장구쳤다.

"맞아. 그 박물관에는 공룡도 있고 다른 멋진 것들도 있어. 끝내줄 것 같은데."

"그건 너희들이 얼간이라서 그래."

안톤이 말하자 걔 친구들이 웃어 댔다. 그러고는 걔들 셋은 버스를 향해 갔다.

우리는 서로를 멀뚱거리며 바라만 보다가 그 애들 뒤를 따라 갔다.

미국 자연사 박물관은 앞쪽에 커다란 돌계단이 있는 근사한, 오래된 건물이었다. 계단은 거대한 대리석 홀로 이어져 있었고, 홀의 거대한 공룡이 우리를 맞았다!

모두 입장하자, 스페이드 선생님이 박물관 제복을 입은 여자와 악수했다.

박물관 제복을 입은 여자가 말했다.

"여러분, 모두 반가워요! 저는 안젤라라고 해요. 오늘 제가 이 박물관을 여러분에게 안내할 거예요. 점심을 먹고 나면 천문관으로 안내할 거고요."

그때 우리 뒤에서 소란스러운 소리가 들렸다. 무슨 일인지 보려고 모두 뒤돌아보았다. 고등학생이나 대학생쯤으로 보이는 좀 나이든 학생 세 명이 사람들을 밀치며 오고 있었다.

"실례합니다."

그들 중 한 명이 말했다. 그들은 저마다 카드 한 장을 들어 보이고 매표소를 지나 박물관으로 곧장 들어왔다.

"참 얌체 같다."

캣이 말했다. 물론 에그는 그 사람들 사진을 찍었다.

"저 사람들 왜 저래?"

내가 친구들에게 속삭였다.

안젤라 선생님이 미소 지으며 말을 계속했다.

"자, 이제 박물관 견학을 시작해 보도록 해요"

그러고는 몸을 돌려 첫 번째 전시관 쪽으로 걷기 시작했다.

전시관은 정말 굉장했다. 공룡과 화석들이 있었고, 네프 선생님과 캣을 흥분시키는 지구 온난화에 대한 전시물들도 있었다.

점심을 먹기 직전, 안젤라 선생님이 '인간의 기원'을 주제로 한 전시관으로 우리를 데리고 갔다. 거기에는 선사 시대 사람들의 해골로 가득했는데 해골들 중 하나의 안내판이 없었다.

에그가 손을 들고 말했다.

"안젤라 선생님? 이건 어떤 해골이에요?"

안젤라 선생님이 에그에게 미소를 지으며 말했다.

"상자 아래에 있는 안내판을 읽어 보렴."

에그와 내가 안내판을 찾으려고 상자 주변을 돌아보았다.

다른 상자에는 모두 안내판이 붙어 있었지만 이 상자에는 붙어 있지 않았다. 마치 누군가가 붙어 있던 것을 억지로 떼어낸 것처럼 말라붙은 접착제 자국인지 테이프 자국인지만 남아 있었다.

“안내판이 없어졌어요.”

내가 안젤라 선생님에게 말하자, 선생님이 다가왔다.

안젤라 선생님이 말했다.

“이상하네. 누가 안내판을 떼어간 것 같네. 경비원에게 말해

야겠다.”

에그는 그 상자 사진을 찍었다. 바로 그때 누군가가 나를 밀

치며 지나갔다. 나는 안톤일 거라고 생각했으나, 몸을 돌리자

처음 보는 사람이었다.

우리 나이 또래로 보이는 여자애였는데 우리 반 애는 아니

었다. 그 애는 자기에게 커 보이는 티셔츠에 찢어진 청바지 차

림이었다.

내가 보고 있는 걸 눈치 챈 그 애는 몸을 돌려 사람들이 많

은 곳으로 걸어가 더 이상 보이지 않게 되었다.

내가 껌을 팔꿈치로 찌르며 물었다.

“저 앤 누구지?”

“누가 누구인데?”

껌의 물음에 내가 말했다.

"찢어진 청바지를 입고 있던 여자애 말이야."

껌이 주위를 둘러보았다.

"찢어진 청바지를 입은 여자애는 못 봤는데."

내가 말했다.

"뭔가 이상해."

행성이 사라지다

점심을 빨리 먹은 후 안젤라 선생님은 우리를 헤이든 천문관으로 데리고 갔다. 나는 걷는 동안 찢어진 청바지 차림의 그 여자애를 발견했다. 그 애는 우리 일행 뒤에서 어슬렁거리고 있었다.

나는 껌의 걸음을 늦추게 하려고 손목을 잡았다. 우리 둘은 일행의 뒤쪽으로 갔다. 뒤쪽에는 구트만 아저씨와 네프 선생님이 걷고 있었다.

내가 껌한테 속삭였다.

“그 애가 바로 우리 뒤에 있어.”

껌이 돌아보면서 큰 소리로 물었다.

“누구?”

내가 말했다.

“쉿! 내가 아까 말했던 그 여자애 말이야. 저 애가 그 안내판

을 훔친 것 같아.”

껌이 고개를 끄덕이며 말했다.

“그럼 우리가 잡자. 셋 하면 잡는 거다. 하나, 둘.”

“셋!”

우리는 한목소리로 말하며 몸을 돌렸다.

그 아이는 도망치려고 했지만, 내가 그 애의 팔을 잡고 물

었다.

“넌 누구니?”

“나, 나도 너희랑 일행이야.”

그 애의 대답에 껌이 대꾸했다.

“아니야. 전에 한 번도 본 적이 없는데?”

그 애는 내 어깨 너머로 외쳤다.

"선생님! 애들 둘이 절 괴롭혀요."

내가 그 애의 팔을 놓으며 돌아서자 나를 향해 오는 구트만 아저씨가 보였다. 화가 난 것 같았다.

아저씨가 우리를 꾸짖었다.

"너희들 지금 뭐하는 거야? 어서 줄을 따라가지 않고!"

껌이 설명하려고 했다.

"저, 구트만 아저씨! 이 여자애가요……."

그런데 그 애가 가 버렸다. 사라져 버렸다!

내가 구트만 아저씨에게 말했다.

"방금 전까지 여기 있었어요!"

아저씨는 고개를 저으며 말했다.

"관심 없다. 어서 가기나 해."

그때 안젤라 선생님이 손뼉을 쳐서 우리는 모두 선생님을 봤다.

"이건 태양계 모형이에요. 태양을 중심으로 볼 때 그 주위를……."

"안젤라 선생님, 행성 하나가 없는 것 같아요."

에그가 끼어들자 안젤라 선생님이 말했다.

"맞아요. 이 모형을 만들 때 정말 놀랄만한 일이 있었어요. 과학자들이 명왕성은 행성이 아니라는 결정을 내리고 태양계에서 명왕성을 빼 버린 거죠. 그래서 이 모형에는 행성이 여덟 개만 있어요."

에그가 고개를 저었다.
“그런데 여기에는 수성도 없는데요.”

안젤라 선생님은 깜짝 놀라서 몸을 홱 돌려 그 모형을 자세히 들여다봤다.

에그가 텅 빈 자리를 가리키며 말했다.

"보이세요? 바로 여기 태양 옆에 수성이 있어야 하는데 없어요."

반 아이들과 선생님들 그리고 학부모들도 놀랐다. 안젤라 선생님이 허리 아래에 차고 있던 무전기를 들고 외쳤다.

"경비원, 경비원!"

사라진 글자 Z

5장

경비원이 오자 껌이 그 사라진 행성에 대해 설명했다.

우리는 뉴욕에서 둘러볼 곳들이 많았다. 우리가 천문관 입구에 모이자 스페이드 선생님이 말했다.

"자, 버스가 올 때까지 어디 가지 말고 여기에 있거라. 버스를 타고 브롱크스 동물원에 갈 거니까."

모두들 박물관 밖의 햇빛 속으로 걸어가면서 친구들과 재잘댔다. 그러다가 버스가 우리 앞에 멈춰 서자 모두 버스에 올라탔다.

천문관 때문에 아직 흥분이 가라앉지 않은 아이들도 있었고, 동물원에 갈 생각에 신이 난 아이들도 있었다. 하지만 나와 내 친구들은 아니었다. 우리 넷은 찢어진 청바지 차림의 그 수수께끼 같은 여자애에 대해 계속 얘길 했다.

내가 나직이 말했다.

"모든 사건의 배후에 그 여자애가 있어! 애들아, 나는 척 보면 수상한 사람은 알아채는데 그 여자애가 그랬어."

껌이 머리를 흔들고 입안에서 바나나 맛 껌을 터뜨리며 말했다.

"샘, 샘, 샘. 이번 여행에는 구트만이 둘이나 있다는 걸 잊지 마. 왜 생판 모르는 여자애를 의심하는 거야? 말도 안 돼."

캣이 눈을 말똥거리며 말했다.

"껌, 넌 만날 안톤 탓이야. 무슨 일만 생기면 다 안톤 짓이라고 생각하잖아?"

껌이 고개를 끄덕이며 말했다.

“그랬지. 누군가 에그의 카메라 가방에다 면도 크림을 발라 놓았던 거 기억나? 그때 내 말이 맞았잖아, 안 그래?”

에그가 고개를 끄덕이며 말했다.

“캣이 수집한 작은 동물 모형을 매점 안 쓰레기통에서 찾았을 때는 어떻고? 그것도 안톤 짓이었어.”

캣이 고개를 끄덕이며 말했다.

“맞아, 그랬어.”

껌이 말했다.

“그래서 난 안톤과 안톤 아빠를 이 사건의 용의 선상에 올려 놓았어.”

오래지 않아 우리는 동물원에 도착했다. 카키색 반바지와 초록색 웃옷을 입은 젊은 남자가 입구에서 우리를 기다리고 있었다.

캣이 말했다.

“저 아저씨는 동물원 사육사야. 우린 뉴욕에서 계속 특별 대우를 받게 되나 봐.”

“그러게. 가는 곳마다 전속 안내원도 있고 진짜 좋다!”

에그가 캣의 말에 맞장구치더니 카메라를 들었다.

에그가 사육사의 사진을 찍고 있는데 우리보다 나이가 많아 보이는 남학생 두 명이 동물원으로 뛰어갔다. 뛰면서 스탠위크 선생님과 부딪치기까지 했다. 그리고 무언가를 재빨리 내보이더니 입장료도 내지 않고 동물원으로 들어갔다.

"박물관에서처럼 저 사람들이 뛰어 들어가면서 휙 내보인 것이 뭘까?"

껌이 지적했다.

스페이드 선생님은 걸음을 멈추고 그 사육사와 이야기를 나눴다. 나는 주위를 둘러보다가 그 여자애를 다시 보았다. 박물관에서 만난 그 여자애였다!

내가 친구들한테 조용하게 말했다.

"저기 봐. 또 그 여자애야."

그 애는 동물원 입구 옆에 스페이드 선생님과 사육사 아저씨 바로 근처에 있었다.

스페이드 선생님이 우리를 향해 돌아서며 말했다.

"자, 다들 여기로 모여 봐라. 이 분은 펭귄부터 시작해서 동물원을 안내해 주실 제프리 선생님이시란다."

제프리 선생님이 우리에게 손을 흔들었고 미소를 띠면서 말했다.

"여러분 날 따라오세요!"

바로 그때 찢어진 청바지를 입은 여자애가 내가 자기를 쳐다보는 걸 눈치채고 잽싸게 몸을 돌려 동물원으로 뛰어 들어갔다.

"그렇게 먼저 뛰어가면 안 돼요."

제프리 선생님이 그 애를 부르며 따라가려는데 다른 어른들은 이 상황을 전혀 모르고 있었다.

"저 애는 제 친구예요."

내가 제프리 선생님의 팔을 잡으며 말했다.

"제가 데려올게요."

그 애는 솜사탕 가게 근처에서 몸을 숨기고 있다가, 다시 기념품 가게 뒤쪽으로 가서 몸을 숨겼다. 나는 다른 쪽에서 그 애가 오면 길을 막아서려 했는데 그 애가 너무 빨랐다. 내가 잡기 전에 그 애는 파충류관으로 쑥 들어갔다.

나는 반 아이들이 어디쯤에 있는지 보려고 돌아보았다. 다들 펭귄관 주변에 서 있었고, 제프리 선생님은 기후에 대해 그리고 펭귄과 바다 오리의 차이점에 대해 설명하고 있었다.

아직 그 애를 잡을 시간이 몇 분 더 있었다. 친구들이 내가 돌아올 때까지 알아서 시간을 좀 끌어 줄 것이다. 그래서 나는 캄캄한 파충류관으로 뛰어 들어갔다.

안은 조용하고 매우 따뜻했다. 눈이 어둠에 적응되자 안에 있는 사람들이 몇몇 보였다. 사방을 주의 깊게 살폈지만 찢어진 청바지를 입은 그 여자애는 보이지 않았다.

파충류관의 통로는 기다랗고 구불구불했고, 양쪽에 두꺼운 유리벽이 있어서 유리벽 안에 있는 파충류들과 관람객들을 분리해 주었다. 유리벽 안에는 도마뱀이 보이고, 거대한 독사들도 보였다.

나는 그 수수께끼 같은 여자애를 찾으려 눈을 부릅뜨고 천천히 통로를 따라 걸었다. 불빛이 어두워서 찾기가 쉽지는 않을 것 같았다. 어느새 출구에 다다랐다. 파충류관을 샅샅이 찾아보았지만 그 애는 보이지 않았다.

바로 그 순간 그 애가 보였다. 출구 옆 모퉁이의 가장 어두운 구석에 쪼그리고 앉아 숨어 있었다.

내가 그 애를 가리키며 외쳤다.

"아하! 넌 이제 독 안에 든 쥐야."

내가 그 애에게 달려들었지만, 그 애는 재빠르게 몸을 피해 출구에 등을 기대섰다.

"더 이상 도망 못 가. 이제 그만 포기해. 박물관에서 훔친 안내판하고 천문관에서 훔친 행성을 내놔!"

그 애는 어리둥절한 얼굴로 나를 쳐다보더니, 몸을 돌려 출구로 쏜살같이 뛰쳐나갔다.

나는 당황한 나머지 뒤쫓는 것도 잊고 말았다. 내가 밖으로 나왔을 때는 이미 그 애가 사라진 후였다.

"에이, 참."

내가 조용히 중얼거리고 있는데, 친구들이 내 옆으로 왔다.

"갈수록 이상해."

에그가 그렇게 말하더니 큰 소리로 외쳤다.

"제프리 선생님, 입구 위 간판 좀 보세요."

모두 위를 올려다보았다.

“오, 이런! ‘BRONX ZOO(브롱크스 동물원)’에서
‘Z’가 사라졌어!”
제프리 선생님이 외쳤다.

WILDLIFE
CONSERVATION
SOCIETY
BRONX OO

6장

안톤의 알리바이 1

그날 밤, 껌과 에그는 나와 캣의 방에 있었다. 듀란 아주머니도 함께 있었기 때문에 남자애들이 여자애들 방에 있다고 해서 문제가 될 건 없었다.

에그는 자기가 찍은 사진들을 넘겨 보고 있었다. 그 수수께끼 같은 여자애 사진이 많았고, 박물관과 동물원에서 모두를 밀치며 지나갔던 나이 많은 학생들의 사진도 있었다.

에그가 말했다.

"다들 대학생이야. 보여? 안에 들어갈 때 학생증을 내밀었어."

껌이 물었다.

"왜? 대학 다닌다고 누가 신경이나 쓴데?"

내가 설명했다.

"안내판을 봤는데 대학생은 학생증만 있으면 돈을 안 내도 돼."

껌이 물었다.

"안톤하고 안톤 아빠 사진은 없어?"

에그가 사진들을 넘기다가 카메라를 들어 보이며 말했다.

"여기, 하나 있다."

우리 모두가 사진을 보았다. 동물원 출구 근처에 구트만 부자가 서 있는 사진이었다. 두 사람은 카메라에 등을 보인 채 어깨 너머로 뒤를 힐끗거리고 있었다.

"무슨 꿍꿍이인 거지? 뭔가 숨기고 있는 거 같아."

내가 묻자 껌이 엉큼한 미소를 지었다.

"드디어 필요한 증거를 확보했다. 가자, 에그."

에그가 물었다.

"어딜?"

“우리 방으로.
안톤과 담판을 지어야지”
껌이 대답했다.

둘은 그 말을 남기고 우리 방을 떠났다. 그리고 다음 날 아침까지 둘한테서 아무런 소식도 듣지 못했다.

다음 날 아침 일곱 시, 캣과 나는 로비로 서둘러 내려갔다. 바로 안톤이 보였다. 안톤과 그 일당은 공중전화 주위에 모여 있었는데, 아무래도 장난 전화를 하고 있는 것 같았다.

내가 안톤에게 다가가 말했다.

"여기 있었구나! 근데 너 뭐 할 말 없어?"

안톤이 나를 어이없다는 표정으로 바라봤다.

"음, 그럼 이건 어때? 얼간아, 좋은 아침이야!"

그 말에 안톤의 친구들이 배꼽을 잡고 웃어 댔다.

내가 말했다.

"내가 말하는 건 공공 기물 파손에 대한 거야. 도둑맞은 행성하고 안내판! 그리고 없어진 글자, Z!"

PHONE

안톤이 나를 미친 사람처럼 쳐다보더니 자기 친구들을 보며
말했다.

"미쳤어, 미쳤어!"

그리고 걔들은 다른 데로 갔다.

캣이 얼굴을 찡그렸다.

"우리가 무슨 말을 하는지 정말 모르는 걸까?"

그때 엘리베이터에서 딩동 소리가 나며 문이 열리자 에그와
껌이 내렸다. 둘 다 피곤하고 의기소침해 보였다.

"껌!"

내가 소리치며 캣과 함께 에그와 껌에게 달려갔다.

"어젯밤 어떻게 됐어? 안톤하고 안톤 아빠가 범인이 아니야?"

내가 묻자 에그가 어깨를 으쓱했다.

"우리도 모르겠어."

껌이 말했다.

"자백을 받으려고 안톤한테 자기 아빠랑 찍힌 사진을 보여 줬
어. 내가 진짜 심문도 했어. 아마 내가 자랑스러웠을걸, 샘."

내가 물었다.

"당연하지. 그래서 안톤이 뭐라고 했어?"

껌이 설명했다.

"결국 안톤이 아빠하고 아이스크림콘을 사 먹었다고 했어.
나눠 먹기 싫었대."

캣이 말했다.

"정말 얌체 같아!"

"그 사진 좀 다시 보여 줘. 난 못 믿겠어!"

내가 말하자 에그가 사진들을 다시 넘기기 시작했다.

"어, 이건 뭐야?"

껌이 어느 사진을 가리키며 물었다.

"샘, 너 언제 경찰 아저씨들하고 사진 찍었어?"

내가 웃으며 대답했다.

"공항에서. 시간이 오래 걸렸다고 에그하고 내가 안톤 아빠
한테 거의 죽을 뻔했어."

에그가 말했다.

"아! 이 사건의 범인은 안톤하고 안톤 아빠가 아니야. 샘, 그때 경찰 아저씨들의 무전기에서 들었던 말 기억 나?"

내가 말했다.

"그 생각을 하다니 대단해, 에그. 랄프 크램든의 도시락, 관광지의 기물이 파손된 또 다른 사건이었어. 그리고 그 사건은 우리가 아직 공항에 있을 때 일어났고!"

에그와 나는 무전기에서 엿들은 내용을 캣과 껌한테 이야기하자 캣이 지적했다.

"항만청에서 무언가를 도둑맞았다면 그건 안톤하고 안톤 아빠가 했을 리가 없어."

껌은 안톤이 범인이 아니라는 사실에 실망한 것 같았다.

바로 그때 네프 선생님이 우리에게 다가와 말했다.

"너희들도 어서 버스에 타거라. 자유의 여신상을 보러 갈 거다!"

7장

잡·았다

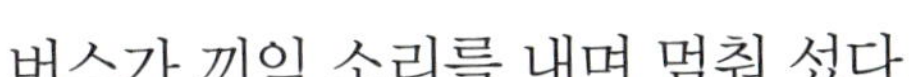

버스가 끼익 소리를 내며 멈춰 섰다.

"다 왔습니다."

운전사 아저씨가 소리쳤다.

"여기에서 자유의 여신상과 엘리스 섬으로 가는 배를 타면 됩니다."

모두가 버스에서 내리자 스페이드 선생님과 구트만 아저씨가 우리를 데리고 개찰구를 지나 부두로 갔다.

반 아이들은 강 쪽으로 놓여 있는 트랩을 천천히 내려갔다.

그때 학생증을 든 사람들이 우리를 밀치며 지나갔다.

캣이 말했다.

"저런 사람들이 어딜 가든 있네!"

에그는 그 사람들의 사진을 더 많이 찍었다.

"얘들아."

에그가 얼굴에서 카메라를 떼며 말했다.

"여기 누가 있는지 봐."

에그가 한 곳을 가리켰다. 또 그 수수께끼 같은 여자애였다.

내가 말했다.

"이번엔 절대 도망 못 가. 일단 배를 타면 도망갈 곳은 아무 데도 없을 테니까."

30분 후쯤에 배가 승객들을 태우기 시작했다. 반 아이들과 그 수수께끼 같은 여자애도 배에 탔다. 우리 넷은 그 애를 찾아 배 안을 기웃거렸다.

찾는 데 오래 걸리지는 않았다. 그 앤 간이식당 근처에 앉아 사워크림 · 양파 맛 감자칩 한 봉지를 먹고 있었다.

나는 곧장 다가가 그 애가 들으라고 큰 소리로 말했다.

"캣, 저 여자애 돈은 내고 먹는 걸까?"

그 애가 물었다.

"아, 또 너구나. 왜 날 가만 내버려 두지 않는 거니?"

내가 대답했다.

"그게 내 일이야. 뱀하고 도둑 잡는 거."

"난 아무것도 안 훔쳤어!"

그 애가 그렇게 말하며 싸울 기세로 벌떡 일어났다. 스페이드 선생님이 우리가 다투는 소리를 듣고 우리 쪽으로 와서 물었다.

"무슨 일이지? 너희들이 지금 이 애를 괴롭히고 있는 거니?"

내가 설명했다.

"스페이드 선생님, 이 애가 바로 공공 기물들을 파손한 범인 이에요."

스페이드 선생님이 머리를 긁적이며 그 애를 향해 돌아섰다.

"무슨 일인지는 모르겠다만 너는 우리 학교 학생이 아니지? 이 배에 혼자 탔니?"

에그가 물었다.
"넌 왜 계속 우리를 따라다니는 거야?"

갑자기 그 애가 얼굴을 양손에 파묻고 울기 시작했다. 그
러더니 두 뺨이 눈물로 범벅이 된 채 고개를 들어 나를 쳐다
봤다.

"난 아무것도 안 훔쳤어. 내가 너희 학교 학생이 아니라서 네
가 날 쫓아오는 줄 알았어."

스페이드 선생님이 물었다.

"뭘 하고 있었던 거니?"

그 여자애는 어깨를 으쓱하더니 자기 발을 내려다보면서 설
명했다.

"엄마는 일이 많아서 주말마다 일하러 나가세요. 그래서 주
말에 박물관에 가거나 자유의 여신상을 보러 가거나 어딜
놀러 가는 건 꿈도 못 꿔요."

스페이드 선생님이 나와 껌, 에그 그리고 캣을 바라보았다.
그리고 나서 다시 그 애를 보며 물었다.

"내가 너희 엄마께 연락해도 되겠니?"

그 애가 대답했다.

"아까 말씀드린 것처럼 일하고 계세요. 선생님과 애들이 묵고 있는 호텔에서요."

선생님이 물었다.

"넌 이름이 뭐니?"

"틸리 화이트예요."

스페이드 선생님이 휴대 전화를 꺼내서 우리가 들을 수 없게 몇 걸음 떨어진 곳으로 갔다. 나는 그 애를 바라봤다. 그 애는 계속 바닥을 내려다보고 있었다.

내가 사과했다.

"미안해. 널 범인으로 오해해서……."

그 애가 고개를 끄덕였다.

스페이드 선생님이 돌아와서 미소를 지으며 말했다.

"틸리, 오늘은 운이 좋은 날인 것 같구나. 너희 엄마와 통화했단다. 네가 남은 주말을 우리와 함께 보내는 걸 찬성하셨어. 물론 너만 좋다면."

　마침내 틸리가 고개를 들었다. 두 뺨에 흐르던 눈물은 말랐
고 환한 미소가 번졌다.

"네, 전 좋아요."

　스페이드 선생님이 덧붙였다.

"뭐 필요한 게 있으면 언제든 말하거라. 알았지?"

　틸리가 고개를 끄덕이자 스페이드 선생님은 자리를 떠났다.

　틸리가 나와 내 친구들을 바라보며 말했다.

"너희들의 여행을 망쳐서 미안해."

　내가 손사래를 쳤다.

"아니야. 너 때문에 더 흥미진진했어!"

　그 말에 틸리가 웃자, 껌이 말했다.

"우린 아직 사건을 해결하지 못했어. 어쩌면 틸리가 도움이

　될지도 몰라."

항구의 여신

배가 리버티 섬에 다다랐을 때 부두에 멈춰 서는 것을 구경하러 모두들 출구 쪽으로 달려갔다.

그런데 우리 앞에 누구지? 목에 학생증을 걸고 있는 우리보다 나이가 많아 보이는 학생들 셋이 있었다.

나는 내 단짝 친구 세 명과 새 친구 틸리를 내 주위에 모아 말했다.

"구트만 아저씨와 안톤은 범인이 아니라는 게 밝혀졌고, 틸리가 좋은 아이라는 게 밝혀졌으니까……."

틸리가 내게 미소 지었다.

내가 말했다.

"······. 이제 단서는 하나 남았어."

껌을 씹으며 생각에 잠겼던 껌이 말했다.

"무슨 증거라도 있어? 다른 단서가 더 있다니 난 도통 생각이

안 나서 말이야."

"모든 사건과 관련이 있는 한 가지가 있어."

내가 말하자 캣이 물었다.

"우리 반?"

에그가 고개를 저었다.

"그건 아니고. 기억 나? 도시락?"

틸리가 고개를 끄덕이며 말했다.

"맞아. 랄프 크램든의 도시락을 도둑맞았어! 나도 라디오에

서 그 얘길 들었는데, 그 때문에 사람들이 화가 나 있어."

껌이 물었다.

"그래서 결정적인 단서가 뭐야, 샘?"

내가 팔짱을 끼며 대답했다.

"학생증이야. 에그, 사진들 좀 보여 줘. 학생증을 들고 있던 사람들 사진도 있지?"

내 말에 에그는 카메라를 켜서 사진을 넘겨 보았다. 그 대학생들 사진이 꽤 많았다.

내가 말했다.

"학생증을 확대할 수 있어?"

에그가 버튼을 몇 번 누르자 학생증이 확대되었다.

"아하! 학생증 색깔이 모두 자주색이야."

내가 외치자, 틸리가 말했다.

"자주색? 그건 뉴욕 대학의 색인데. 다들 뉴욕 대학 학생인가 봐."

"그렇다면 서로 연관이 있다는 거네? 학생증을 들고 있던 사람들은 서로 아는 사이가 분명해."

캣이 말하자 껌이 말을 받았다.

"그럼 이유가 뭐든 그 사람들이 범인이야."

배가 드디어 멈춰 섰고, 다들 서둘러 리버티 섬에 내렸다.

그 유명한 횃불과 책을 든 굉장한 동상이 보였다.

에그가 올려다보고 열심히 사진을 찍으며 말했다.

"와, 대단해. 그렇지?"

"저렇게나 클 줄 몰랐어."

내가 말하자 안톤이 내 옆으로 다가와 말했다.

"그러게. 꺽다리 너만큼이나 크다."

나는 그저 멀뚱멀뚱 쳐다보고 있었다. 그때 학생증을 갖고 다니는 그 대학생들이 보였다.

9장 게임은 끝났다

내가 말했다.

"저 사람들을 따라가자."

그 대학생들은 조각상 근처로 급하게 가고 있었다. 우리는 대학생들을 따라갈 때 주의를 끌지 않으려 애썼지만, 듀란 아주머니가 우리를 발견하고 외쳤다.

"캣, 캣! 너희 넷 아니 다섯인가? 아무튼 어디 가는 거니?"

아주머니가 달려와서 우리 수를 세며 물었다.

"아니, 언제부터 다섯이었니?"

우리는 아주머니에게 틸리를 소개했고, 캣은 자기 엄마에게 왜 그 대학생들을 미행하는지 간단히 설명했다.

캣의 엄마가 말했다.

"위험할 것 같구나. 스페이드 선생님께 무슨 일이 벌어지고 있는지 알려 드리는 게 나을 것 같다."

바로 그때 길 저편 그리 멀지 않은 데서 걷고 있는 경찰 아저씨를 발견하고 내가 듀란 아주머니에게 말했다.

"저 경찰 아저씨한테 도움을 청하면 될 것 같아요."

그러고 나서 나는 그 경찰 아저씨에게 달려갔다.

"경관님! 제 파트너들과 제가 화끈한 물건들을 훔치려는 양아치들을 미행하고 있는데요. 제 말 듣고 계세요?"

경찰 아저씨가 모자를 뒤로 젖히며 나를 내려다봤다. 아저씨는 나이가 많아 보였다. 경찰 아저씨는 당황한 표정이 사라지면서 껄껄 웃었다.

그러고 나서 아저씨는 무릎에 두 손을 얹으며 말했다.

"경찰 생활을 오래했지만 너처럼 말하는 애는 처음이구나."

"그러니까 너희들이
폭도들을 쫓고 있는 거구나?"
경찰 아저씨가 말했다.

내가 미소를 띠며 말했다.

"맞아요. 그 학생들은 저희가 지금까지 다녔던 세 군데에서 도둑질을 했고요. 랄프 크램든의 도시락을 훔친 것도 그 사람들이 한 짓일 거예요."

경찰 아저씨의 표정이 진지해지면서 말했다.

"나도 그 얘길 들었어. 그 사람들은 어디로 갔니?"

내가 자유의 여신상 건너편을 가리키며 말했다.

"저쪽이에요. 서둘러야 해요. 여기서 무슨 일을 꾸미고 있을 지도 몰라요!"

경찰 아저씨가 말했다.

"위험할 수도 있으니까 꼬마 아가씨는 내 뒤에 있거라."

내가 경찰 아저씨 뒤를 따라가자 듀란 아주머니와 친구들도 따라왔다. 우리는 대학생들 세 명이 있는 곳으로 갔다. 그들은 동판 주위에 서 있었고, 그중 한 명이 손에 쇠지레를 들고 있었다.

경찰 아저씨가 말했다.

"그런다고 그게 움직일 것 같진 않은데?"

그러자 대학생들이 놀라 움찔했고 쇠지레를 들고 있던 학생은 그걸 떨어뜨렸다. 쇠지레가 바닥에 떨어지면서 철커덕 소리가 크게 울렸다.

경찰 아저씨가 물었다.

"여기서 뭐하는 거냐?"

대학생들 중 한 명이 말했다.

"아, 아, 아무것도요."

"같이 경찰서로 가서 애길 좀 해야겠다."

경찰 아저씨는 그 학생들을 데리고 가면서 말했다.

"너희들 랄프 크램든에 대해서도 뭔가 알지?"

10장

작별

자유의 여신상 꼭대기에서 내려다본 풍경은 근사했다. 하지만 다음 날 아침에 일어난 일은 더 놀라웠다.

리버티 섬에서 만난 그 경찰 아저씨가 수사를 진행한 지 오래지 않아 그 대학생들이 훔친 물건들을 숨긴 장소가 발견되었다.

수사 결과 뉴욕 대학의 바보 같은 동아리 회원들이 불법적인 물건 찾기 게임을 하고 있던 것으로 밝혀졌다. 뉴욕 시는 관광 명소를 지킬 수 있게 해 준 나와 내 친구들에게 고마움을 전하고 싶어 했다.

그래서 공항으로 출발하기 전에 스페이드 선생님이 시간을 내서 나와 캣, 에그 그리고 껌을 도심에 있는 항만청 버스 정류장으로 데리고 갔다.

껌이 조각상 쪽으로 가며 말했다.

"랄프 크램든이다. 만나서 반가워!"

"랄프 크램든은 옛날에 한 TV 방송에 등장했던 인물이야. 그 방송에서 랄프 크램든이 버스를 운전했었어. 그래서 이 동상이 시내버스 정류장에 있는 거야."

내가 설명하자 캣이 웃으며 말했다.

"도시락을 되찾아서 기쁘겠다."

틸리가 우리에게 다가와 말했다.

"여기 있었구나. 이 조각상 멋있지?"

거기에 있던 몇 명의 기자들이 우리 사진을 찍었다. 물론 에그도 카메라를 들어 기자들을 찍었다! 기자들이 그 모습을 보고 웃음을 터뜨렸다.

그때 시장님이 도착해서 우리 손을 하나하나 꼭 잡고 악수를 했다. 이어서 범죄를 해결한 것에 대해 특별 감사장을 줬다.

흥분이 가라앉자 우리 네 명은 틸리에게 걸어갔고, 내가 말했다.

"틸리, 만나서 정말 기뻤어."

캣이 말했다.

"이메일 보내!"

캣은 금방이라도 울 것만 같았다.

우리는 우리 반 아이들과 합류하려고 스페이드 선생님과 공항으로 출발하면서 틸리에게 계속 손을 흔들었고, 틸리도 우리에게 손을 흔들어 주었다.

내가 친구들에게 말했다.

"너희들 그 말 알지? 여기서 해낼 수 있다면 어디서든 해낼 수 있다."

껌이 말했다.

"이 사건이 해결됐으니까 우린 해낸 거야!"

문학계 소식

수수께끼의 작가
모습을 드러내다!

스티브 브레즈노프는 미네소타 주 세인트폴에서
아내 베스와 아들 샘 그리고 작고 냄새나는 강아지
해리와 함께 살고 있다. 책을 쓰는 일 말고도
그는 비디오 게임과 자전거 타기를 좋아하며,
중학교에서 학생들의 글짓기를 도와준다. 스티브는
거의 언제나 꿈에서 아이디어를 얻기 때문에 잠옷을
입고 있을 때 가장 좋은 글이 나온다.

예술 & 연예

캘리포니아의 화가가 미스터리
해결의 열쇠였다 — 경찰 발표

C. B. 캥거는 어릴 때 무척 활동적인 아이였다. 그의 부모는 종이 한 장과
크레파스 몇 개만 주면 이 부산한 꼬마 용이 얌전해진다는 것을 깨달았다.
그때부터 캥거는 그림에 흠뻑 빠졌다. 샌프란시스코 예술 대학에서 삽화를
전공하고 2002년에 졸업한 그는 현재 같은 대학에서 학생들에게 그림을
가르치면서 아내 로빈과 세 아이를 데리고 캘리포니아에서 살고 있다.

탐정 사전

반달리즘 : 문화나 예술 혹은 공공시설을 파괴하는 행위.

반달 : 공공 기물 파괴자. 다른 사람의 재산이나 공공 기물에 해를 입히거나 파손시키는 사람들을 말함.

비상사태 : 서둘러 해결해야 하는 급작스럽고 위험한 상황.

심문 : 자세히 따져 묻는 것. 법원이 범인이나 관련 있는 사람들에게 진술할 기회를 주는 일.

기념품 : 장소, 사람 또는 사건을 기억하도록 하는 물건.

터미널 : 항공, 열차, 버스 같은 교통 노선의 맨 끝에 있는 정류장. 종점이라고도 함.

사만다 아처

6학년

뉴욕에 대해

뉴욕이 한때 '뉴욕'이 아닌 '뉴암스테르담'으로 불렸다는 사실을 아는 사람은 많지 않다. 하지만 정말이다! 아주 오랜 옛날, 유럽인들이 살았을 당시의 뉴욕은 네덜란드의 땅이었다.

네덜란드의 탐험가 페테르 미노이트가 북미 원주민 부족인 '카나시족'에게서 맨해튼 섬을 불과 65달러에 샀다고 한다. 1664년에 영국이 그 섬을 '뉴욕'이라고 다시 이름 붙였다. 이것이 뉴욕 다문화주의의 시작이었다.

아주 오랫동안 많은 사람들이 맨해튼 섬의 남쪽 끝에 있는 엘리스 섬을 통해 미국으로 이주했다. 1892년과 1954년 사이에 엘리스 섬을 통해 미국에 들어온 이민자 수가 1,200만 명을 넘는다.

연구자들과 이민 가족들은 엘리스 섬의 공식 홈페이지 (www.ellisisland.org)에서 그 섬에 대한 공문서들을 확인할 수 있다.

이제 뉴욕에는 거의 모든 나라에서 온 사람들이 살고 있다. 125개 이상의 언어가 사용되고, 170개국이 넘는 나라에서 온 사람들이 사는 뉴욕은 진정한 '인종의 용광로'이다!

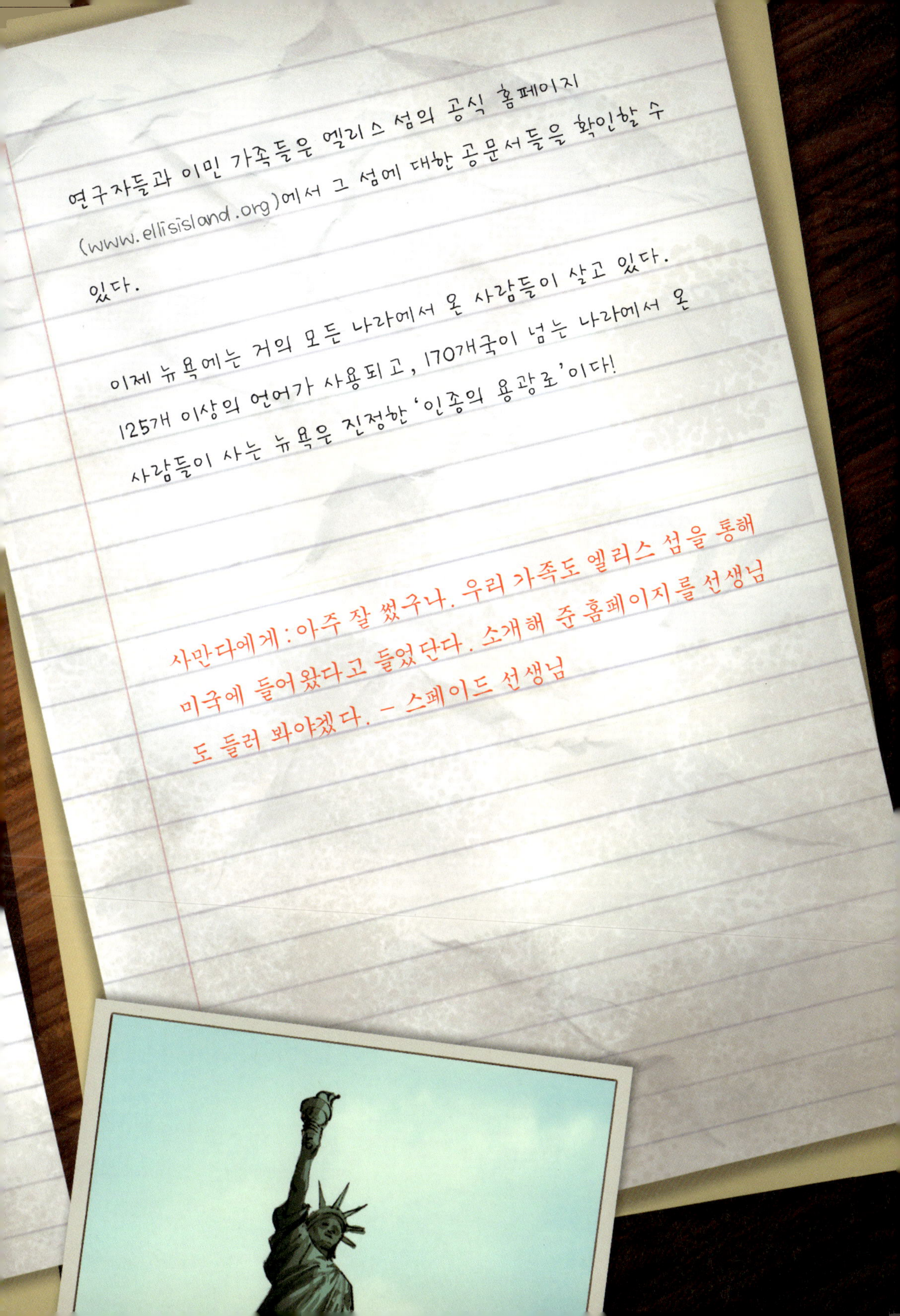

세계의 수도, 뉴욕

뉴욕 시는 많은 대학과 연수원, 박물관 그리고 극장과 영화관 등이 모여 있는 미국 문화의 중심지이다. 또 국제연합(UN) 본부(왼쪽 사진)가 있는 국제정치의 각축장이기도 하고, 맨해튼 남부의 월스트리트(오른쪽 사진)는 미국과 세계 금융의 중심지이기도 하다. 이렇듯 뉴욕 시는 미국의 핵심 도시이자 세계 경제와 정치의 주요 활동 무대로서 세계의 수도라 할 만하다.

뉴욕

뉴욕 주의 남쪽에 있는 미국 최대의 도시로 높은 건물들
이 즐비하게 솟아 있다. 영어권에서는 뉴욕 주와 구별하기
위해 뉴욕 시(New York City)라고 부른다. '빅애플(The
Big Apple)', '잠들지 않는 도시', '세계의 수도' 등으로도
불린다.

인종의 용광로, 뉴욕

뉴욕 시는 세계에서 가장 많은 인종이 살고 있는 도시이다. 1920년대의 뉴욕 시에는 아일랜드의 수도 더블린보다 많은 아일랜드인들이 살았고, 이탈리아의 수도 로마보다 많은 이탈리아인이 살았다. 한때는 이 도시의 유대인 수가 이스라엘의 유대인 수보다 많았을 정도였다. 또 흑인을 비롯한 중국인, 일본인, 한국인, 필리핀인 그리고 소수의 아메리카 인디언들도 살고 있다.

패션과 예술의 도시, 뉴욕

뉴욕타임스는 뉴욕을 '광기' 가 발산되는 예술 도시라고 표현했다. 이는 맨해튼 남부에 자리 잡고 있는 소호(SOHO) 때문인데, 소호는 휴스턴 가 남쪽 끝자락에 자리한 패션의 거리이자 예술의 거리를 말한다. 일반 관광객들은 뉴욕 5번가를 쇼핑 장소로 즐겨 찾지만 뉴요커들에게는 소호가 최고의 쇼핑 장소로 각광 받고 있다. 오래된 창고를 작업실로 개조해 사용하는 소호의 예술가들은 창고의 외벽이나 간판 등에 자기들의 예술 세계를 다양하게 표출하는데, 이런 벽화들이 소호의 또 다른 눈요깃거리이다.

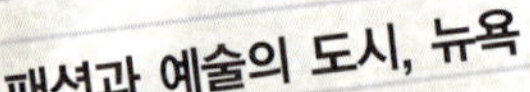

미국 자연사 박물관(홈페이지 : http://www.amnh.org)
뉴욕 시에는 영화 '박물관이 살아 있다' 시리즈로 잘 알려진 세계 최대의 자연사 박물관인 미국 자연사 박물관(American Museum of Natural History)이 있다. 1869년 설립된 이 박물관은 약 45억 년 전의 운석, 세계에서 가장 완벽한 공룡 화석, 100만 개 이상의 조류 표본, 인류의 기원과 진화에 대한 전시물들이 있다.

엘리스 섬

엘리스 섬(Ellis Island)은 허드슨 강 하구에 있는 섬이다. 1892년부터 1954년까지 미국으로 들어오려는 모든 이민자들은 뉴욕 시가 바라다 보이는 이곳에서 입국 심사를 받아야 했다. 이 섬은 현재 국보로 지정되어 있고, 주요 건물을 엘리스 섬 이민 박물관(Ellis Island Immigration Museum)으로 이용하고 있다.

리버티 섬과 자유의 여신상

'자유의 여신상(Statue of Liberty)'으로 더 잘 알려진 '세계를 밝히는 자유(Liberty Enlightening the World)'는 프랑스가 미국의 독립 100주년을 축하하기 위해 제작한 것으로 미국 뉴욕 주 뉴욕 시의 리버티 섬(Liberty Island)에 있다.

지금은 사라져 버린 세계 무역 센터의 쌍둥이 빌딩

세계 무역 센터(World Trade Center)는 미국 뉴욕 시의 중심부 맨해튼에 7개 동의 건물로 이루어진 곳이었다. 이중 110층의 쌍둥이 빌딩이 가장 유명했었는데, 2001년, 흔히 9·11 테러라고 부르는 미국대폭발테러사건으로 파괴되고 말았다.

브롱크스 동물원(홈페이지 : http://www.bronxzoo.com)

1899년 11월 8일에 개장된 브롱크스 동물원(Bronx Zoo)은 미국의 뉴욕 주 브롱크스에 위치하고 있다. 브롱크스 동물원은 뉴욕 동물원으로 불리기도 한다. 영국의 런던 동물원에 이어 세계에서 2번째로 큰 동물원으로 알려져 있다.

좀 더 생각해 보자

1. 이 책에서 나를 포함한 우리 6학년은 뉴욕으로 현장 학습을 떠났어. 넌 어디로 현장 학습을 갔었니? 정말 좋았던 곳은 어디야? 그리고 왜 그곳이 좋았어?

2. 이 이야기는 뉴욕에서 생긴 일이야. 넌 뉴욕에 대해 뭐 알고 있는 게 있니? 있다면 얘기해 줄래?

3. 에그, 껌, 캣 그리고 나는 처음에는 안톤이 범인이라고 생각했었어. 왜 우리가 그렇게 생각했을까?

너만의 탐정 노트

1. 네가 틸리라고 가정하고 우리가 떠난 후 뭘 했는지 나와 친구들에게 편지를 써 줄래?

2. 껌, 에그, 캣 그리고 나는 서로 가장 친한 단짝 친구들이야. 너의 단짝 친구는 누구야? 그 친구에 대해 글로 써 봐. 그 친구의 어떤 점이 좋은지에 대해서도 쓰는 거 잊지 마.

3. 이 책은 미스터리 이야기야. 너만의 미스터리 이야기를 직접 써 봐!

미국 현장 학습
미스터리
미국의 유명한 도시로
현장 학습을 떠난
네 친구들의 모험이 시작된다!

🚌 미국 현장 학습 미스터리 시리즈

미국의 초등학생 네 명이 펼치는 스릴 만 점, 현장 학습 이야기!

미국의 유명한 도시를 현장 학습하는 동안 호기심을 자극할 만한 사건이 터지고, 아이들은 단서를 쫓아가며 미스터리를 해결한다. 도대체 범인은 누구일까?

뉴욕을 발칵 뒤집은 도둑
The Burglar Who Bit The Big Apple

뉴욕으로 현장 학습을 간 샘과 친구들. 그런데 관광 명소에서 수상한 아이를 발견하게 된다. 그 아이가 도둑이 맞을까? 과연 네 친구들은 진범을 잡을 수 있을까?

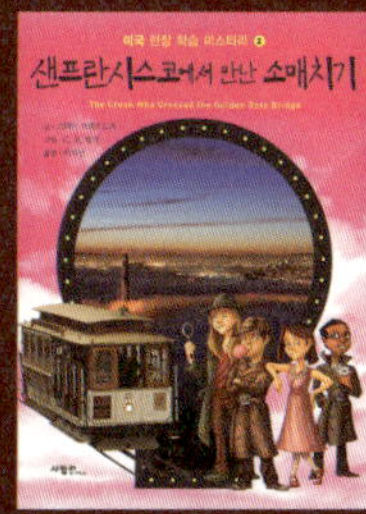

샌프란시스코에서 만난 소매치기
The Crook Who Crossed The Golden Gate Bridge

샌프란시스코로 현장 학습을 떠난 껌 슈와 친구들은 유명 관광지에서 발생한 소매치기 사건에 휘말린다. 선생님과 할머니의 지갑을 훔쳐간 소매치기를 찾을 수 있을까?

워싱턴에 나타난 유령
The Ghost Who Haunted The Capitol

미국의 수도 워싱턴 D.C.로 현장 학습을 떠난 에그와 친구들. 그곳에서 유령을 보게 된다. 워싱턴 D.C.에 나타난 유령의 정체를 밝힐 수 있을까?

뉴올리언스에 들이닥친 좀비
The Zombie Who Visited New Orleans

뉴올리언스로 현장 학습을 간 캣과 친구들. 그곳에서 좀비를 만나게 되고, 갈수록 이상한 일들이 생기는데……. 캣과 친구들은 이 사건을 풀 수 있을까?

★계속 출간됩니다.

〈사진출처〉

creative commons(creativecommons.org)

표지(자유의 여신상) ⓒⓕ by Mark Heard, 88쪽(위). ⓒⓕ by jphilipg, 89쪽(아래). ⓒⓕⓞ by Tomas Fano

wikipedia(wikipedia.org)

표지, 86~87쪽(위) ⓒⓕⓞ by Dschwen, 86쪽(아래) ⓒⓕⓞ by Steve Cadman, 87쪽(아래) ⓒⓕⓞ by Urban, 89쪽(위) ⓒⓕⓞ by Captain-tucker, 90쪽(위) 퍼블릭 도메인, 90쪽(아래) ⓒⓕⓞ by Elcobbola, 91쪽(위) ⓒⓕⓞ by jeffmock, 91쪽(아래) ⓒⓕⓞ by Stavenn